Clovis Ecrevisse et le Gros Bétail

Mary Alice Fontenot

Clovis Ecrevisse et le Gros Bétail

Illustré par Scott R. Blazek
Traduit par Julie Fontenot Landry

PELICAN PUBLISHING COMPANY
GRETNA 1999

ISBN 1-56554-374-2

Rédigé par Deborah C. Hils

Imprimé à Singapore

Edité par Pelican Publishing Company, Inc.
1000 Burmaster Street, Gretna, Louisiana 70053

A Robert Ziegler et Marge Fischer,
le parrain et la marraine
d'Andrew Armadillo

Clovis Ecrevisse se traîne hors du trou rond qui est au milieu de sa maison de boue. C'est de bonne heure le matin, mais il ne peut pas voir le soleil qui se lève parce qu'il y a du brouillard.

Le brouillard ressemble à un rideau. Ce rideau couvre Clovis et sa maison de boue au bord du bayou dans le sud de la Louisiane. Le ciel et les arbres sont gris, couleur d'argent. Le rideau gris-argent du brouillard change l'apparence de toutes les choses.

Clovis descend sur le bord du bayou, et il voit René Rainette, qui s'accroche sur une feuille de latanier. René vient de se réveiller. Le soleil commence à briller un peu à travers le brouillard. Un rayon de soleil fait scintiller les goutelettes de brouillard sur le costume vert de René.

Clovis arrive au bord de l'eau; il ne peut pas voir même la bûche où Théodore Tortue prend son bain de soleil tous les jours, et il ne peut pas trouver Guillaume Grenouille, le gros ouaouaron. Clovis fait demi-tour et commence à remonter le bord du bayou. Puis il voit sa maison. Mais elle ne ressemble plus à sa maison. Un côté est tout cassé, et le trou rond au milieu est tout écrasé.

“Qui a cassé ma maison?” crie Clovis.

René Rainette saute de la feuille de latanier et crie, “Moi, je l’ai vu, je l’ai vu! C’était un gros bétail!”

Clovis entend un bruissement dans les lataniers. Il regarde aux alentours, et il voit une créature très étrange: elle a quatre jambes, et chacune des jambes est plus grosse que Clovis. Sa queue est longue, et son nez est pointu, et en son milieu elle est couverte d'une carapace ronde et dûre.

"Mais jamais!" dit Clovis.

Clovis Ecrevisse décide que peut-être il vaut mieux qu'il ne se fâche pas trop. Ce gros bétail étrange peut le mordre dûr, peut-être.

Mais Clovis ne s'en va pas. Il lève ses grosses pinces pendant que la créature l'approche, et il agite vite, vite ses antennes.

Le gros bétail passe par-dessus Clovis sans le voir. Il manque de marcher sur Clovis.

"Eh, Bétail!" dit Clovis aussi fort que possible.
La grosse créature s'arrête et regarde Clovis.

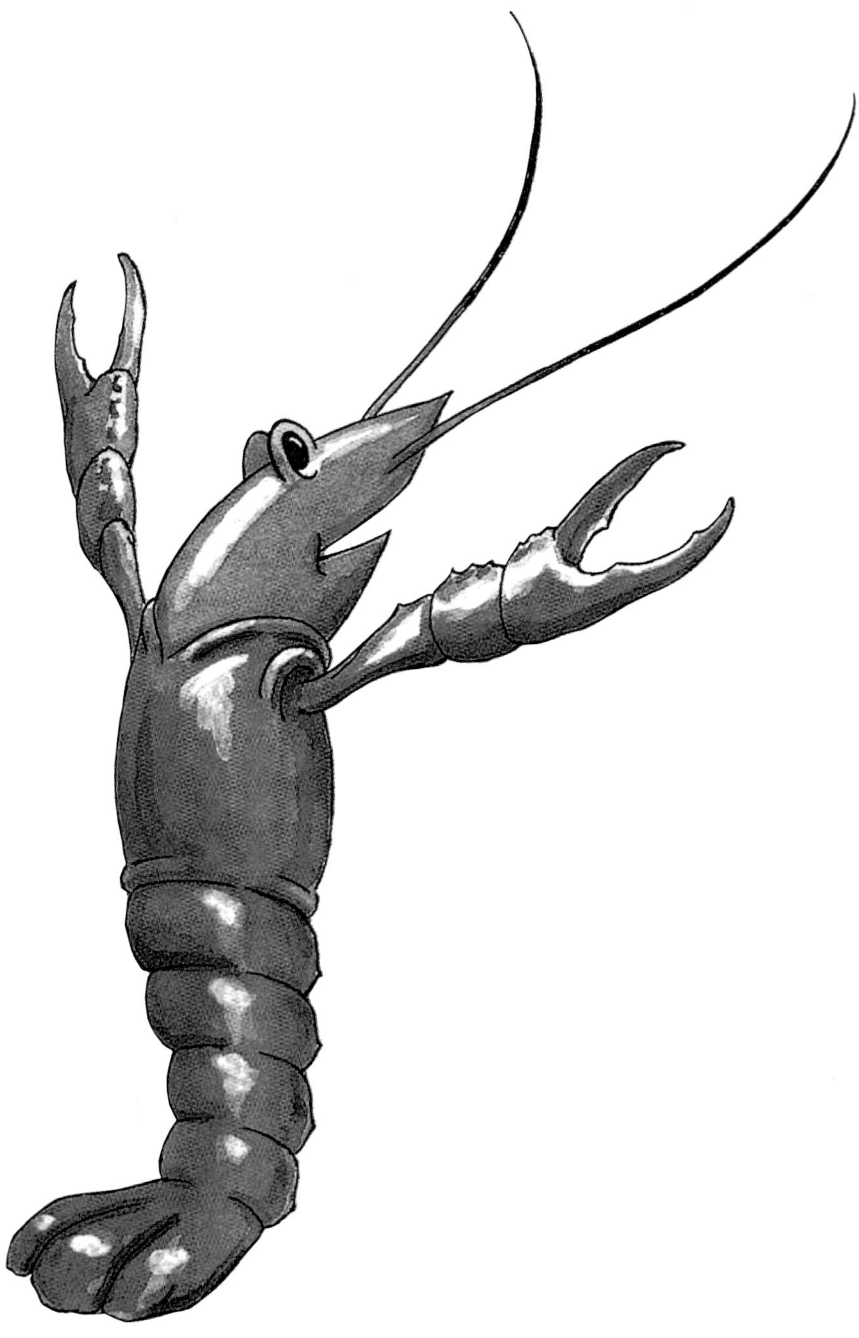

Il dit d'une grosse voix forte, "*Howdy,* étranger! Vous semblez peu amical, avec vos pattes en l'air comme ça. Et mon nom n'est pas 'bétail.' Je m'appelle Andrew Armadillo. Je suis un tatou, et je viens du Texas."

Clovis ne peut pas dire un mot. Il ne peut que regarder fixement.
Puis il regarde sa maison de boue, toute cassée, et il dit à Andrew Armadillo, “Vous avez cassé ma maison, vous!”

Fais Pas des Bêtises

Musique par Jeanne et Robert Gilmore

Andrew regarde la maison. Puis il dit, "Vous dites que ce tas de boue est votre maison? Eh, bien, je regrette beaucoup d'avoir marché sur elle. Je dois vous aider à construire une autre maison. Je suis le terrassier le plus rapide du monde, et je peux creuser pour vous un autre trou avant que vous pouvez dire 'bonnet bleu.'"

Clovis Ecrevisse arrête d'agiter ses antennes. Il plie ses grosses pinces. Le soleil brille encore, et tout est chaud et brillant. Le brouillard est complètement parti.

Sur la feuille de latanier René Rainette commence à chanter, "J'ai chaud! J'ai chaud!"

Andrew Armadillo tourne sa grosse tête et l'écoute. "Au nom d'un boeuf à grandes cornes, pourquoi cette petite chose crie comme ça?"

"C'est René. C'est une rainette, et c'est mon ami. Il chante sa chanson de pluie, parce qu'il veut de la pluie pour se rafraîchir," dit Clovis.

"Les gens ici parlent d'une drôle de façon," dit Andrew.

René Rainette saute plus près de Clovis. Laurent Libellule se pose sur le chardon. Graton Grillon sort de sa maison qui est sous la racine du gros chêne vert. Le suivant est Gustave Guêpe-à-Terre, qui bourdonne en volant. Pauline Papillon se pose sur la liane de chèvre-feuille. Ils regardent fixement Andrew Armadillo. Personne ne dit “Bonjour” au tatou.

Clovis regarde Andrew, et il dit, “On pense que vous aussi, vous parlez d'une drôle de manière. On n'allait pas dire, parce qu'on aime être vaillant avec les étrangers.”

"Eh, bien, je l'ai encore fait. Bien sûr, que je n'avais pas l'intention de vous offenser. Je ne voudrais pas faire ça pour tous les dollars à Dallas," dit Andrew Armadillo.

Tout d'un coup, Andrew se dresse debout sur ses jambes arrières et se tient droit avec sa queue longue et dûre. Il fait comme ça pour regarder partout dans le marais. Il semble très grand et effrayant.

"J'ai peur," dit Pauline Papillon.
"J'ai peur," dit Graton Grillon. Il fait un grand saut vers la racine de l'arbre et rentre dessous.
"Moi aussi," dit Laurent Libellule, qui vole par-dessus le chêne. Gustave Guêpe-à-Terre recule.

Clovis reste droit-là où il est. Il n'a plus peur d'Andrew Armadillo.

"Venez ici! Il ne va pas nous faire du mal. Il veut devenir notre ami!" crie Clovis à ses amis.

Graton Grillon sort de sa maison qui est sous la grosse racine de l'arbre. Laurent Libellule s'envole de nouveau et se pose sur le chardon. Les autres amis de Clovis se rassemblent—sauf Pauline Papillon.

"Où est Pauline?" demande Clovis. Clovis et ses amis regardent partout. Personne ne peut trouver Pauline.

Puis Clovis voit quelque chose de jaune dans le buisson d'épines à travers le bayou, et il crie, "Regardez! Pauvre 'tite Pauline! Elle s'est attrapée à une épine!"

Clovis agite ses antennes. Il lève ses grosses pinces pointues. Il peut nager à travers le bayou, mais il ne peut pas monter le buisson pour aider Pauline.

Graton et Laurent ne peuvent pas l'aider; ils sont trop petits; René Rainette et Gustave Guêpe-à-Terre de mêmes.

Clovis regarde Andrew, qui se tient debout sur ses quatre pattes. Son nez pointu pend honteusement, parce qu'il regrette d'avoir fait peur aux petites créatures du bayou.

"Andrew, tu ne peux pas aider notre petite amie Pauline Papillon?" demande Clovis.

Andrew grogne et fait demi-tour. Il plonge dans le bayou et nage aussi vite que ses jambes peuvent aller.

Il nage droit à travers le bayou, et il va au buisson d'épines où l'aile de Pauline est attrapée.

Andrew Armadillo se lève à l'aide de ses jambes arrières. Il se fixe de sa queue longue et forte. Il s'étend et il enlève doucement Pauline Papillon de l'épine.

Pauline agite ses ailes, lentement au début, puis plus vite; puis elle s'envole.

"Merci, Gros Bétail," dit Pauline.

Andrew Armadillo retraverse le bayou à la nage.

Puis il dit, “Maintenant, copain, où veux-tu cette nouvelle maison de boue? Je vais t’aider à creuser le trou. Puis je vais en creuser un pour moi-même. Je suis le meilleur terrassier du bayou!”

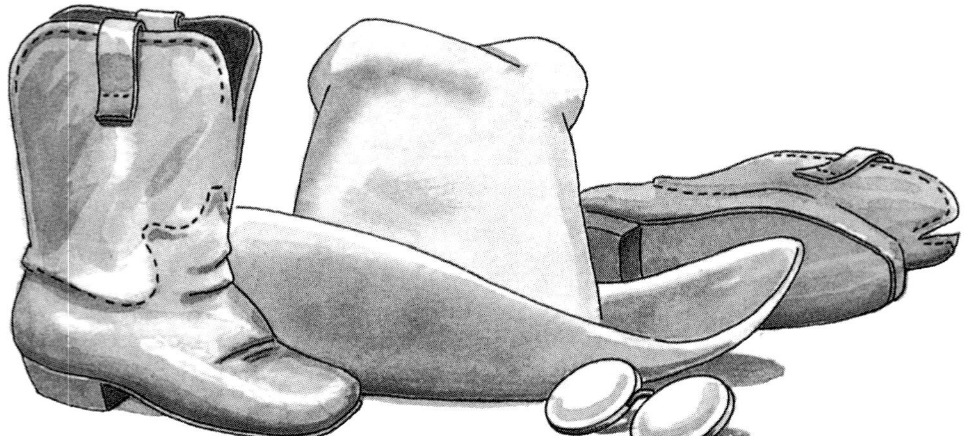